VENTE
DES 4 et 5 MARS 1901
Hôtel Drouot, Salle n° 8

DESSINS ANCIENS

ET

MODERNES

———∿∿∿———

EXPOSITION PUBLIQUE
Le Dimanche 3 Mars 1901
de 2 heures à 5 heures et demie

CATALOGUE

DE

DESSINS ANCIENS

Des XVIe, XVIIe et XVIIIe siècles

ECOLE MODERNE

AQUARELLES

———◆———

DESSINS ORIGINAUX

Par Béranger, J. Boilly, Boulanger, Delacroix, Delaroche, Flandrin,
Th. Fragonard, Gigoux, Gleyre, Henriquel Dupont, Ingres,
Jacquand, Pingret, Robert-Fleury, Triqueti, etc, etc.

POUR LE PLUTARQUE FRANÇAIS

Edition de 1835-1841

DONT LA VENTE AUX ENCHÈRES AURA LIEU

HOTEL DES COMMISSAIRES-PRISEURS, RUE DROUOT, No 9

Salle No 8

Les Lundi 4 et Mardi 5 Mars 1901

à deux heures

Me MAURICE DELESTRE	M. PAUL ROBLIN
Commissaire-priseur	*Expert*
5, RUE SAINT-GEORGES, 5	65, RUE SAINT-LAZARE, 65

EXPOSITION PUBLIQUE

Le Dimanche 3 Mars 1901, de 2 heures à 5 heures et demie.

CONDITIONS DE LA VENTE

Elle sera faite au comptant.

Les acquéreurs paieront *Dix pour cent* en sus des prix d'adjudication.

M. PAUL ROELIN, expert chargé de la vente, se réserve la faculté de rassembler ou de diviser les lots.

L'Exposition mettant le public à même de se rendre compte de l'état et de la nature des dessins, aucune réclamation ne sera admise, une fois l'adjudication prononcée.

ORDRE DES VACATIONS

Lundi 4 mars 1901.	DESSINS ANCIENS. .	Nᵒˢ	1 à 148
Mardi 5 mars 1901.	DESSINS MODERNES .	Nᵒˢ	149 à 220
—	—	PLUTARQUE FRANÇAIS	Nᵒˢ 221 à 289

L'ordre numérique ne sera pas suivi

DÉSIGNATION

DESSINS ANCIENS

BACHELIER (attribué à)

1. — *Scène antique.*

> A la mine de plomb, lavé de bistre.
>
> (H. 0,22. — L. 0,23)

BÉLANGER, architecte

2. — *Grand Théâtre des Arts.*

> Importante composition à la plume et à l'aquarelle. Signé : *Bélanger, architecte.*
>
> (H. 0,28. — L. 0,48)

BELLANGE (JACQUES)

3. — *Saint agenouillé entre des Anges.*

> A la plume, lavé d'indigo. — Collections Durand et Gasc.
>
> (H. 0,23. — L. 0,31)

BÉNARD, élève de ANT. WATTEAU

4. — *Le Berger couronné.*

> A la plume, lavé d'encre de Chine.
>
> (H. 0,24. — L. 0,31)

BLANCHET (THOMAS), de Lyon

5. — *Allégorie avec un des princes de la Maison de Savoie.*

> A la plume, lavé d'encre de Chine et rehaussé de gouache. Signé : *Thomas Blanchet, in. et fecit Lugduni.*
>
> (H. 0,15. — L. 0,19)

6. — *Divinités mettant le feu à une Ville.*

> A la plume, lavé d'encre de Chine et rehaussé de blanc.
>
> (H. 0,31. — L. 0,18)

BLARENBERGHE (VAN)

7. — *La demande en mariage.*

> Importante composition au pinceau et au lavis d'encre de Chine, rehaussé de gouache. — Signé à gauche : *V. Blarenberghe, 1762.*
>
> (H. 0,34. — L. 0,44)

BOISSIEU (JEAN-JACQUES de)

8. — *Portrait de jeune femme.*

> A la sanguine. — Cadre ovale en cuivre estampé.
>
> (H. 0,150. — L. 0,115)

BONNET (L. M.)

9. — *Une tragédienne.*

> Portrait présumé de la Champmeslé, entouré de quatre amours.
>
> Aquarelle ovale.
>
> (H. 0,20. — L. 0,16)

BOUCHER (FRANÇOIS)

10. — *Etude de femme.*

> En buste, de profil et les épaules nues, le bras étendu sur une draperie.
>
> Belle esquisse aux crayons de couleur sur papier gris. — Cadre ancien en bois sculpté.
>
> (H. 0,31. — L. 0,44)

11. — *Buste d'une figure de fleuve.*

> Beau dessin aux crayons de couleur sur papier gris.
>
> (H. 0,24. — L. 0,25)

12. — *Paysage.*

> A gauche une chaumière bordée d'arbres, à droite deux pêcheurs traversent un ruisseau.
>
> Crayon noir. — Cadre ancien en bois sculpté.
>
> (H. 0,22. — L. 0,35)

13. — *Le Calendrier des Vieillards.*

> Beau dessin à la pierre noire, très largement traité. — A été gravé par de Larmessin pour la grande série d'estampes des *Contes de La Fontaine.*
>
> (H. 0,29. — L. 0,33)

BOUCHER (FRANÇOIS)

14. — *Étude de jeune femme.*

Représentée en buste, de profil, les mains jointes, dans l'attitude de la prière.

Aux crayons noir et blanc sur papier teinté. — Cachets de collections. — Cadre en bois sculpté.

(H. 0,14. — L. 0,13)

15. — *Tête de vieillard.*

A la sanguine. — Signé à l'encre.

(H. 0,20. — L. 0,16)

16. — *Jeune fille attrapant un oiseau pour le mettre en cage.*

Belle contrépreuve d'un dessin à la sanguine. — Signé à gauche, à l'encre : *F. Boucher.* Cachet de collection.

(H. 0,26. — L. 0,17)

17. — *Vénus couchée.*

De face, couchée sur un dauphin, une main tenant une rose, à côté d'elle, deux colombes.

Contrépreuve à la sanguine très habilement rehaussée.

(H. 0,27. — L. 0,40)

BRIL (PAUL)

18. — *Paysage montagneux.*

Au lavis d'encre de Chine.

(H. 0,20. — L. 0,29)

CABEL (VAN DER)

19. — *Barque de pêche à l'entrée d'un port.*

A la plume lavé d'encre de Chine. — Signé à gauche *Van der Cabel.*

(H. 0,20. — L. 0,30)

CARESME (PHILIPPE)

20. — *La chute dangereuse.* — *Scène villageoise.* (Deux pendants).

A la plume et à l'aquarelle. — Signés : *Ph. Caresme.* — Cadres en bois sculpté.

(H. 0,13. — L. 0,10)

CARESME (d'après PHILIPPE)

21. — *Scènes de fumeurs et de buveurs.* (Deux pendants).

Gouaches ovales.

(H. 0,17. — L. 0 20)

CASSINI (le Comte de)

22. — *Paysage avec pont en pierre.*
A la plume et au crayon noir rehaussé d'aquarelle. —
Signé : *Le Cte de Cassini inv. et del. 1784.*
(H. 0,10. — L. 0,13)

CAZES (L.)

23. — *La Toilette de Vénus.*
A la plume, lavé d'encre de Chine. Signé : *L. Caze f.*
(H. 0,23. — L. 0,17)

CHARDIN (Ecole de J.-B. S.)

24. — *Portrait de jeune garçon.*
A la sanguine.
(H. 0,18. — L. 0,14)

CHARLES, de NANCY

25. — *Le martyre de Saint Laurent.*
A la plume, lavé de sépia.
(H. 0,25. — L. 0,17)

CHEVAUX

26. — *Pièce satyrique sur le Roi Georges IV d'Angleterre.*
A l'encre de Chine. — Signé : *Chevaux, fec.*
(H. 0,19. — L. 0,27)

CHODOWIECKY (DANIEL)

27. — *Sujet pour illustration.*
Crayon noir et lavis.
(H. 0,120. — L. 0,075)

CLÉRISSEAU

28. — *Intérieur d'une rotonde romaine en ruine.*
Au crayon noir lavé de bistre et rehaussé de gouache.
(H. 0,25 — L. 0,20)

CLERMONT, élève de FR. BOUCHER

29. — *Le Printemps, l'Automne.* Deux pendants.
Bas-reliefs d'Amours, aux deux crayons sur papier gris.
(H. 0,25. — L. 0,40)

CLOUET (Ecole de)

30. — *Portrait présumé de la Princesse de la Roche-sur-Yon.*

Aux crayons de couleur.

(H. 0,255. — L. 0,185)

COCHIN LE FILS (CHARLES-NICOLAS)

31. - *Allégorie.*

Composition de forme ronde représentant un buste d'homme sur un socle, entouré de deux figures symboliques : le Temps et l'Amitié.

Croquis à la pierre noire. — Cadre en bois sculpté.

(Diam. 0,14)

32. — *Frontispice pour l'Origine des Grâces.*

Esquisse à la pierre noire, mise au carreau.

(H. 0,18. — L. 0,13)

33. — *Groupe de trois jeunes femmes.*

Croquis à la pierre noire. Dans la partie supérieure on lit : Dessin particulier pour une dame, il n'a pas été gravé. — Cadre en bois sculpté.

(H. 0,18. — L. 0,14)

COSTE (JEAN-BAPTISTE)

34. — *Vue du Colisée et d'une portion du Temple du Soleil et de celui de Jupiter tonnant près des Thermes de Tite.*

A la plume, rehaussé d'aquarelle. — Signé *J.-B. Coste 1782*

(H. 0,21. — L. 0,30)

COYPEL (NOEL)

35. — *Visite à la Sainte Famille.*

A la plume, lavé d'encre de chine. — Cachets de collections.

(H. 0,27. — L. 0,21)

COYPEL (NICOLAS)

36. — *Glorification d'une Sainte.*

A la pierre noire, rehaussé de blanc sur papier gris. — Collection Mariette.

(H. 0,33. — L. 0,19)

COYPEL (CHARLES)

37. — *Portrait d'homme en buste. — Sujet pour illustration.* Deux dessins dans le même cadre.

  A la plume, lavés d'encre de chine.

COZETTE DES GOBELINS

38. — *Choc de cavalerie.*

  A la plume, lavé de sépia et d'encre de chine.

  (H. 0,18. — L. 0,24)

DANLOUX

39. — *Etude de quatre têtes.*

  Esquisse peinte sur papier bleu.

  (H. 0,15. — L. 0,18)

DELAUNE (attribué à ÉTIENNE)

40. — *Naissance de Bacchus.*

  Une femme ailée tire l'enfant de la cuisse de Jupiter, une autre femme verse de l'eau dans un vase. Le sujet est entouré d'une bordure dont la moitié seulement est ornementée.

  A la plume, lavé et rehaussé de blanc sur papier teinté de sanguine.

  (H. 0,14. — L. 0,11)

DENON (Baron VIVANT)

41. — *La marchande d'oublis.*

  Charmante composition à la plume. Cadre en bois sculpté.

  (H. 0,155. — L. 0,105)

DESPRÈS

42. — *Etablissement du Camp des soldats de Pompée.*

  A la plume, lavé d'aquarelle. — A été gravé pour *le Voyage à Naples et en Sicile*, par l'abbé de Saint-Non.

  (H. 0,22. — L. 0,36)

DESRAIS (CLAUDE-LOUIS)

43. — *Vignette pour l'Histoire de Pierre de Provence et de la belle Maguelonne.*

  A la plume, lavé d'encre de Chine, croquis au verso.

  (H. 0,140. — L. 0,085)

D'HUEZ

44. — *La France sous la figure de la Reine, regardant la machine aérostatique s'élancer dans les airs.* — *(Cette machine est au-dessus du pavillon des Thuilleries).*

A la plume, lavé de bistre. Signé : *D'Huez.*

(H. 0,34. — L. 0,24)

DULIN

45. — *Costume de dignitaire pour le sacre de Louis XV.*

A la pierre noire, rehaussé de craie sur papier bleu.

(H. 0,20. — L. 0,14)

DU PASQUIER

46. — *Les Supplices du Tartare, le Tonneau des Danaïdes.*

A la plume, lavé d'encre de Chine et rehaussé de sanguine. Signé : *Du Pasquier, 1775.* — Collection Laluye.

(H. 0,18. — L. 0,25)

ÉCOLE ANGLAISE DU XVIIIᵉ SIÈCLE

47. — *Portrait d'homme avec cuirasse et manteau.*

Aux crayons de couleur.

(H. 0,16. — L. 0,13)

ÉCOLE FRANÇAISE DU XVIᵉ SIÈCLE

48. — *Une galère aux armes du Roy et deux vaisseaux avec des barques manœuvrant en vue d'une ville.*

Dessin sur parchemin très finement lavé au pinceau et à l'encre de Chine. — Collection Maurel.

(H. 0,10. — L. 0,21)

ÉCOLE FRANÇAISE DU XVIIᵉ SIÈCLE

49. — *Entrée triomphale de la reine des Amazones. Composition en forme d'éventail.*

A la plume et au lavis d'encre de Chine.

50. — *Henry IV debout et entouré de sept personnages, signe un édit ou un traité que soutiennent à droite et à gauche un cardinal et un docteur.*

Plume et lavis de bistre avec rehauts de gouache. — Collection Vallardi.

(H. 0,25. — L. 0,33)

51. — *Portrait de femme en buste.*

Aux crayons de couleur.

(H. 0,135. — L. 0,105)

ÉCOLE FRANÇAISE DU XVIIᵉ SIÈCLE

52. — *Portrait d'homme en buste.*
> Pastel. — Cadre ancien, en bois sculpté.
> (H. 0,160. — L. 0,115)

53. — *Triomphe d'Amphitrite.*
> Gouache en forme d'éventail avec entourage composé de rinceaux, de coquilles et de roses.
> (H. 0,23. — L. 0,48)

54. — *Adrienne Lecouvreur dans le rôle de Cornélie.*
> Belle gouache sur parchemin.
> (H. 0,25. — L 0,18)

ÉCOLE FRANÇAISE DU XVIIIᵉ SIÈCLE

55. — *Nymphe endormie dans un paysage, un satyre s'approche d'elle et est repoussé par un amour.*
> A la pierre noire rehaussé de blanc sur papier jaune. — Collections Chev. Damery et Hauregard.
> (H. 0,30. — L. 0,44)

56. — *Projet de décoration pour la place du Pérou à Montpellier.*
> Très fin dessin à la plume, rehaussé d'aquarelle. — Vente Rochoux.
> (H. 0,10. — L. 0,29)

57. — *Scène biblique.*
> Charmant dessin de forme ronde à la sanguine.
> (Diam. 0,09)

ÉCOLE HOLLANDAISE DU XVIIᵉ SIÈCLE

58. — *Paysage avec cours d'eau, animé de nombreuses figures.*
> A la plume, lavé d'encre de chine et rehaussé de sanguine. — Cachet de collection.
> (H. 0,10. — L. 0,17)

ÉCOLE ITALIENNE DU XVIIᵉ SIÈCLE

59. — *Etude d'animaux.*
> A la plume.
> (H. 0,31. — L. 0,20)

60. — *Jeux d'Amours et de Satyres.*
> Quatre compositions en forme de frises. — A la pierre noire. — Cadres en bois sculpté.
> (H. 0,10. — L. 0,43)

ÉCOLE ITALIENNE DU XVIII° SIÈCLE

61. — *Deux hommes transportent un vieillard mort que d'autres à droite s'apprêtent à monter dans un tombeau pompeux.*
Belle composition au lavis de sépia ; daté : *Rome, 1774.*
(H. 0,37. — L. 0,29)

EISEN (CHARLES)

62. — *Sujets pour illustration.*
Huit dessins à la mine de plomb sur papier et sur parchemin. — Plusieurs sont signés.

63. — *Frontispice allégorique pour une histoire de France.*
A la mine de plomb.
(H. 0,205. — L. 0,145)

ESPINAY (le Marquis d')

64. — *Dessin en perspective pour démontrer les manœuvres de troupes légères.*
A la plume et à l'aquarelle, on y a joint la gravure avec des variantes.
(H. 0,24. — L. 0 37)

FERDINAND (le père)

65. — *Portrait de jeune garçon.*
A la sanguine. — Signé : *Ferdinand le père, 1764.*
(H. 0,26. — L. 0,18)

FERDINAND (LOUIS ELLE)

66. — *Gentilhomme avec sa famille*, projet de tableau.
Belle étude à la sanguine rehaussé de blanc sur papier gris.
(H. 0,21. — L. 0,26)

FRAGONARD (HONORÉ)

67. — *Adoration des Bergers.*
Etude à la sanguine très largement esquissée. — Cadre en bois sculpté.
(H. 0,26. — L. 0,40)

68. — *Première idée pour le tableau de Jéroboam sacrifiant aux idoles.*
Belle étude à la sanguine.
(H. 0,38. — L. 0,50)

69. — *Etude de guerrier.*
A la sanguine.
(H. 0,37. — L. 0,27)

FRAGONARD (HONORÉ)

70. — *Enfants jouant dans des ruines.*
     Contre-épreuve à la sanguine.
     (H. 0,40. — L. 0,47)

71. — *Escalier dans une Villa d'Italie.*
     Contre-épreuve à la sanguine.
     (H. 0,38. — L. 0,43)

72. — *Sous-sol d'un moulin.*
     Contre-épreuve à la sanguine.
     (H. 0,49. — L. 0,36)

73. — *Terrasses de la Villa d'Este.*
     Contre-épreuve à la sanguine.
     (H. 0,38. — L. 0,50)

FREUDENBERGER (attribué à s.)

74. — *Villageoises Suisses.*
     Charmante composition au lavis d'encre de Chine, rehaussé
     d'aquarelle.
     (H. 0,30. — L. 0,21)

GAUTIER

75. — *Vue de Genève prise des Paquis. — Vue de Genève
     prise de dessus Saint-Jean* (deux pendants).
     Aquarelles. — Signées : *Gautier an 5.*
     (H. 0,32. — L. 0,43)

GÉRARD (Mlle MARGUERITE)

76. — *Une jeune fille assise dans un fauteuil et tenant un
     portefeuille sur ses genoux, dessine d'après un modèle
     ajusté à un chevalet.*
     A la sanguine.
     (H. 0,20. — L. 0,16)

GERMAIN

77. — *Démolition d'un quartier de Paris. Au premier
     plan, à gauche, un artiste dessine les ruines.*
     A la sanguine. — Signé : *Germain 1779.*
     (H. 0,15. — L. 0,26)

GOYEN (JAN VAN)

78. — *Village au bord de la mer. Nombreuses figures.*
     Au crayon noir. Signé : *V. Goyen 1634.*
     (H. 0,15. — L. 0,20)

GRAFF (ANTOINE)

79. — *Trois compositions relatives à l'histoire de Joseph II.*
A la plume et à l'aquarelle (ont dû être composées pour la décoration d'une table).
(H. 0,28. — L. 0,26)

GREUZE (JEAN-BAPTISTE)

80. — *Etude pour la Mélancolie.*
Beau dessin aux crayons de couleur, estompé de noir. — Cadre de l'époque Louis XVI en bois sculpté et doré.
(H. 0,37. — L. 0,28)

HUET (JEAN-BAPTISTE)

81. — *Pastorale.*
Dans un paysage, une bergère, debout, écrit sur un gros arbre le nom de Philinte.
A la plume, lavé d'aquarelle. — Composition ovale.
(H. 0,25. — L. 0,20)

82. — *Etude de chien.*
A la pierre noire et au lavis de sépia. Signé *J.-B. Huet 1780.*
(H. 0,15) — L. 0,17)

HUTIN (CHARLES)

83. — *Statue équestre de Louis XV, commandée en 1731 par la Ville de Bordeaux et inaugurée sur la place Royale le 15 août 1743, d'après J.-B. Le Moyne.*
Beau dessin à la sanguine.
(H. 0,42. — L. 0,32)

JEAURAT (EDME)

84. — *Etude de têtes.*
Cinq figures d'hommes et de femmes sur deux feuilles.
A la pierre noire, rehaussé de blanc sur papier gris.

85. — *Etude de paysans.*
A la pierre noire, rehaussé de craie sur papier bleu.
(H. 0,24. — L. 0,19)

JOANNÈS

86. — *Allégorie religieuse.*
Le Rédempteur et un saint assis dans une gloire, s'appuient sur le globe porté par des anges.
A la plume, lavé de sépia. — Signé : *Joannès f.*
(H. 0,52. — L. 0,39)

JOLLAIN

87. — *Sujet de l'histoire ancienne.*

Au lavis d'encre de chine, rehaussé de gouache. Signé : *Jolain delineavit.*

(H. 0,45. — L. 0,22)

KAUFFMAN (ANGÉLICA)

88. — *Jeune femme à sa toilette.*

Belle esquisse à la sanguine.

(H. 0,22. — L. 0,17)

LAFOSSE (CHARLES DE)

89. — *Portrait de magistrat vu de face, en robe rouge et à parements noir.*

Aux crayons de couleur sur papier gris.

(H. 0.39. — L. 0,24)

LALLEMAND (JEAN-BAPTISTE)

90. — *Paysage par un temps d'orage.*

A la pierre noire, légèrement rehaussé de sanguine. — Cadre en bois sculpté.

(H. 0,22. — L. 0,33)

LANTARA

91. — *Paysage par un temps d'orage.*

Beau dessin au crayon noir, sur papier bleu.

(H. 0,20. — L. 0,26)

LARGILLIÉRE (NICOLAS DE)

92. — *Portrait d'un chasseur et de sa dame ; Projet d'un tableau.*

Belle étude à la pierre noire rehaussé de blanc sur papier bleu.

(H. 0,18. — L. 0,15)

LAVREINCE (NICOLAS)

93. — *Dessins pour modes et coiffures de dames.*

Deux charmants dessins, de forme ronde, au crayon relevé d'aquarelle. — Ont été gravés par Janinet.

(Diam. 0,015)

94. — *L'Heureux moment.*

Esquisse à la pierre noire lavée d'encre de Chine. — Au bas : *Ah qu'un cordon est utile !*

(H. 0,23 — L. 0,15)

LEBRUN (CHARLES)

95. — *Mariage de Louis XIV avec Marie-Thérèse d'Autriche.*
Grande composition à la sanguine lavée d'encre de Chine.
(H. 0,55. — L. 0,41)

LECLERC (SÉBASTIEN)

96. — *Couronnement du jeune roi agenouillé devant des Evêques.*
A la plume lavé d'encre de Chine.
(H. 0,14. — L. 0,20)

LECLERC (d'après FR. SÉB.)

97. — *Sujet de l'Enfant prodigue.*
Fixé sur verre.
(H. 0,28. — L. 0,39)

LECOMTE

98. — *Projet de monument funéraire.*
A la plume et au lavis de sépia et d'encre de Chine. —
Signé : *Lecomte inv. et f. a. 1778.*
(H. 0,35. — L. 0,24)

LÉLU (PIERRE)

99. — *Le Triomphe d'Amphytrite.*
Composition ovale. A la plume et au lavis de sépia. —
Signé des initiales.
(H. 0,21. — L. 0,16)

LE MOYNE (attribué à FRANÇOIS)

100. — *Le Char d'Apollon.*
Au crayon noir, lavé de sépia.
(H. 0,21. — L. 0,30)

LENAIN (attribué à)

101. — *La famille du peintre.*
A la plume, lavé d'encre de Chine.
(H. 0,16. — L. 0,26)

LE PAON (LOUIS)

102. — *Dragon à cheval, galopant vers la droite.*
Aquarelle, signée à l'encre : *Le Paon.*
(H. 0,35. — L. 0,27)

103. — *Un Timbalier à cheval.*
A la plume, rehaussé de sépia et de sanguine.
(H 0,25. — L. 0,18)

LE SUEUR (LOUIS)

104. — *Paysage avec moulin.*
Crayon noir et lavis d'encre de Chine.
(H. 0,14. — L. 0,20)

MACHY (P. A. de)

105. — *L'Écurie du Pape Jules II.*
A la plume, lavé de bistre. — Collections Daméry et Chanlaire.
(H. 0,26. — L. 0,18)

106. — *Intérieur de Palais avec personnages.*
A la plume, lavé d'encre de Chine et réhaussé d'aquarelle.
(H. 0,17. - L. 0,12)

MARTEL-ANGE (Frère ÉTIENNE)

107. — *Projet d'un monument funéraire surmonté des Armoiries de Roger de Saint-Lary, Duc de Bellegarde, compagnon de Henry IV.*
A la plume et au lavis de sépia, sur fond bleu.
(H. 0 46. — L. 0,31)

MAYER

108. — *Paysage avec animaux et baigneuses.*
Au lavis d'encre de Chine rehaussé de gouache.
(H. 0,24. — L. 0,34)

MEULEN (ANT.-FR. VAN der)

109. — *Dame de la cour à cheval suivant une chasse.*
A la pierre noire.
(H. 0,23. — L. 0,37)

MINIATURES

110. — *Combat de David et de Goliath.*
Petite composition faite par un maître inconnu du XVᵉ siècle. Époque de Charles VIII.
Miniature sur parchemin. Collection Achille Devéria.
(H. 0,095. — L. 0,065)

111. — *Portrait d'un jeune homme en costume Louis XVI.*
Miniature sur ivoire signée : *par Ingres* (le père).
(Diam. 0,06)

111 bis. — *Portrait de Madame Roland.*
Miniature. — Cadre ovale en bois sculpté et doré de l'époque Louis XVI.
(H. 0,08. — L., 0,06)

MOL (P. VAN)

112. — *Le Reniement de Saint Pierre.*

Au crayon noir lavé d'encre de Chine. — Collection Jules Dupan.

(H. 0,18. — L. 0,26)

MONNET (CHARLES)

113. — *Sujet pour illustration du Temple de Gnide.*

Important dessin à l'aquarelle sur traits de plume.. Signé : *C. Monnet invenit delineavit 1793*. Cadre en bois sculpté.

(H. 0 21. — L. 0,14)

114. — *Sujet pour illustration.*

Cul de lampe, composé d'une ruche, d'une corne d'abondance, de palmes et de branches de lauriers, parmi lesquelles se trouvent des écussons contenant des noms de savants anciens et modernes.

Au lavis d'encre de Chine.

(H. 0,11. — L. 0,15)

MOREAU LE JEUNE (attribué à J. M.)

115. — *Les Joies de la maternité.*

A la sépia, rehaussé de gouache.

(H. 0,21. — L. 0,18)

NANTEUIL (attribué à ROBERT)

116. — *Portrait de Louis XIV, médaillon ovale avec attributs guerriers.*

A la pierre noire, rehaussé de blanc sur papier gris.

(H. 0,23. — L. 0,18)

NATOIRE (CHARLES)

117. — *Reine en prière.*

Charmante composition ovale, avec cadre orné. — A la plume, lavé d'aquarelle.

(H. 0,120. — L. 0,095)

118. — *Le char de l'Aurore, escorté d'Amours.*

Composition ovale pour plafond.

A la plume et à l'aquarelle.

(H. 0,33. — L. 0,54)

PATER (JEAN-BAPTISTE)

119. — *Etude de femme assise.*

A la sanguine.

(H. 0,19. — L. 0,13)

PATER (JEAN-BAPTISTE)

120. — *Etude de femme assise.*
Représentée de trois quarts, la tête tournée vers la gauche, et dans l'attitude d'une personne assise et accoudée.

A la sanguine.

(H. 0,180. — L. 0,175)

PÉRELLE (G.)

121. — *Chasse au cerf.*
A la plume.

(H. 0,10. — L. 0,16)

PILLEMENT (JEAN)

122. — *Paysage.*
A la pierre noire, rehaussé de pastel.
Signée : *J. P. 1800.*

(H. 0,115. — L. 0,180)

POUSSIN (NICOLAS)

123. — *Etude de figures et d'animaux.*
A la plume, lavé d'encre de chine. — Collection Desperret.

(H. 0,18. — L. 0,25)

PRIMATICE (attribué au)

124. — *Une Amadryade vient d'enfanter. Des nymphes et
des muses, jouant d'instruments divers, entourent le
berceau de l'enfant.*
Beau dessin du XVIᵉ siècle, à la plume, lavé de bistre.

(H. 0,37. — L. 0,50)

QUEVERDO (FRANÇOIS-MARIE-ISIDORE)

125. — *Jeune femme en buste.*
De profil, dirigé vers la gauche, d'une main relevant
son vêtement, de l'autre tenant des roses.
Sanguine. — Signé : *Queverdo, 1769.*

(H. 0,49. — L. 0,40)

QUEVERDO (d'après FR.-M.-I.)

126. — *Le Bouquet Galant.*
Fixé sur verre.

(H. 0,29. — L. 0,22)

REGNAULT (d'après J.-B.)

127. — *Ah ! s'il s'éveillait.*

Fixé sur verre. — Composition de forme ronde.

(Diam. 0,29)

REYNOLDS (Sir JOSHUA)

128. — *Portrait d'homme.*

Aux crayons de couleur.

(H. 0,135. — L. 0,115)

RIGAUD (HYACINTHE)

129. — *Portrait d'homme en pied.*

Très beau dessin à la pierre noire. — Cadre en bois sculpté.

(H. 0,34. — L. 0,17)

ROBERT (HUBERT)

13 . — *Pont en ruines et pêcheurs.*

A la plume et au lavis d'encre de Chine. Cadre en bois sculpté.

(H. 0,46. — L. 0,31)

131. — *Paysages avec ponts rustiques.* Deux pendants.

A la pierre noire.

(H. 0,15. — L. 0,22)

SAINT-AUBIN (AUGUSTIN de)

132. — *Portrait de femme.*

De profil, dirigé vers la gauche, avec coiffure ondulée et une pointe de dentelles croisée sur la poitrine.

A la mine de plomb.

(Diam. 0,07)

133. — *Etude de femme.*

A la pierre noire.

(H. 0,18. — L. 0,11)

134. — *Etude de femme en pied.*

A la plume.

(H. 0,13. — L. 0,09)

SARRAZIN

135. — *Paysage.*

Au lavis d'encre de chine, rehaussé d'aquarelle. Signé :
Sarrazin, 1789.

SCHENAU

136. — *Marchande de poissons.*

Au crayon noir lavé d'encre de chine.

(H. 0,16. — L. 0,14)

SILVESTRE (ISRAEL)

137. — *Vue du palais de Versailles, prise derrière les écuries, vers 1685 (avant la chapelle).*

A la mine de plomb.

(H. 0,19. — L. 0,36)

138. — *Vue du château de Saint-Germain.*

A la plume, lavé d'aquarelle.

(H. 0,12. — L 0,22)

139. — *Vue de l'église des Cordeliers de Tanlay.*

A la plume.

(H. 0,07. — L. 0,12)

TRINQUESSE (LOUIS)

140. — *Etude de femme couchée.*

A la sanguine, rehaussé de blanc sur papier chamois. —
Cadre ancien en bois sculpté.

(H. 0,24. — L. 0,35)

VALENTIN (L.)

141. — *Costumes bretons.*

A la plume et au lavis d'encre de chine. Signé : *L. Valentin,
Finistère, an V.*

(H. 0,13. — L. 0,17)

VAN DER MEER

142. — *Vue d'un château en Hollande.*

Crayon noir et sépia.

(H. 0, 29. — L. 0,24)

VAN LOO (CARLE)

143. — *Portrait de Joseph Vernet, assis et dessinant.*

Très belle étude à la pierre noire, rehaussé de blanc sur papier gris.

(H. 0,30. — L. 0,31)

143 bis. — *Portrait de Carle Van Loo.*

Le Peintre, à mi-corps, la tête de profil, droite, coiffée d'un bonnet de fourrures, en habit à fleurs, cravate à carreaux ; il est accoudé à un balcon de pierre, tient dans la main droite un porte-crayon et montre en souriant, quelque chose de son doigt gauche.

A été gravé à la sanguine par Demarteau.
Beau cadre ancien en bois sculpté et doré.

(H. 0,40. — L. 0,32)

WATELET (CHARLES)

144. — *Cour de ferme.*

Crayon noir rehaussé d'aquarelle. — Signé : *De Watelet, 1759.*

(H. 0,16. — L. 0,22)

WATTEAU (ANTOINE)

145. — *Etude de femme assise.*

A la sanguine.

(H. 0,215. — L. 0,16)

146. — *Paysage d'après un maître italien.*

A la sanguine. — Au verso, croquis de Chinois.

(H. 0,20. — L. 0,33)

WEIROTTER

147 --- *Paysage avec Eglise dans le fond.*

Au crayon noir lavé de sépia. — Signé des initiales.

(H. 0,33. — L. 0,24)

WILLE (JEAN-GEORGES)

148 — *Paysage avec chaumières.*

Au crayon rehaussé d'aquarelle. — Signé : *J. G. Wille 1771.*

(H. 0,21. — L. 0,28)

DESSINS MODERNES

AQUARELLES

ADAN (EMILE)

149 — « *Le Taureau avait acculé Félicité contre une claire-voie, sa bave lui rejaillissait à la figure, une seconde de plus, il l'éventrait.* »

Composition pour *Un Cœur simple* de G. Flaubert (page 18). Édition Ferroud 1894.

Aquarelle. — Signée : *Emile Adan.*

(H. 0,29. — L. 0,20)

ANDRÉAS

150 — *Portrait de Paul Adam.*

Au crayon Conté.

(H. 0,290. — L. 0,215)

ANSIAUX

151. — *Portrait de femme assise.*

Au crayon noir rehaussé de blanc sur papier gris.

(H. 0,21. — L. 0,24)

BAUDIOT (F.)

152 — *Portrait d'homme, époque du 1er Empire.*

Crayon noir rehaussé de gouache.

(H. 0,30. — L. ,24)

BLANCHE (J. E.)

153. — *« Elle le tira par le bras, comme pour le ressaisir d'une secousse. »*

Composition pour *Eddy et Paddy* par Abel Hermant (p. 57). Edition Ollendorff 1895.

Au lavis d'encre de Chine.

(H. 0,23. — L 6,22)

154. — *« Elle prit entre ses longues mains le clair visage de Paddy, elle l'approcha de ses lèvres et lui donna un baiser »*

Composition pour *Eddy et Paddy* par Abel Hermant (p. 127). Edition Ollendorff 1895.

Au lavis d'encre de Chine.

(H. 0,235. — L. 0,265)

155. — *« Quinze jours plus tard, Eddy reçut une première lettre, datée de New-York. »*

Composition pour *Eddy et Paddy*, par Abel Hermant (p. 173). Edition Ollendorff, 1895.

Au lavis d'encre de Chine.

(H. 0,245 — L. 0,160)

BOILLY (JULES)

156. — *Adresse d'après P. P. Prud'hon.*

A la pierre noire rehaussé de sanguine sur papier bleu. — On y a joint la lithographie par G. Bellenger.

(H. 0.095. — L. 0,110)

BOSIO

157. — *Jeune Dame peignant dans sa chambre dont la fenêtre regarde la Tour de Saint-Germain-des-Prés. Près d'elle son perroquet.*

A la sépia, rehaussé de blanc sur papier bleu. Signé : *Bosio, peintre.* — Album de Mme de Mirbel.

(H. 0,26. — L. 0,20)

BOULENGER (LOUIS)

158. — *Etude d'homme bêchant.*

Vigoureux dessin au crayon noir, rehaussé de pastel. — Signé : *Louis Boulenger.*

(H. 0,52. — L. 0,37)

CASSIERS (II)

159. — « *Les moulins, au bord des Palus, immobilisés, à demi submergés, s'offraient, géométriquement, en croix, comme sur des tombes.* »

Composition pour *la Vocation* de Georges Rodenbach. Edition Ollendorff 1895.

Au lavis d'encre de Chine.

(H. 0,24. — L. 0,15)

160. — « *Quand elle allait avec lui vers le béguinage, traversait le pont harnaché de verdure par dessus les eaux du lac d'Amour...* »

Composition pour *la Vocation* de Georges Rodenbach. Edition Ollendorf 1895.

Au lavis d'encre de Chine.

(H. 0,26. — L. 0,16)

CHARLET (N. T.)

161. — *Vieillard,* **Enfant** *et étude de tête.*

Au crayon noir. — Signé : *Charlet à son ami Porte.*

(H. 0,19. — L. 0,15)

CHIOSTRI (CARLO)

162. — *Un amateur.*

Aquarelle. — Signée : *Carlo Chiostri, Firenze.*

(H. 0,42. — L. 0,26)

163. — *Un chasseur.*

Aquarelle. — Signée : *Carlo Chiostri, Firenze.*

(H. 0,42. — L. 0,26)

164. — *Un marchand de marrons.*

Aquarelle. — Signée : *Carlo Chiostri, Firenze.*

(H. 0,42. — L. 0,26)

DAUMIER (HONORÉ)

165. — *Thiers, jouant de la flûte, fait danser Jules Ferry et Pouyer-Quertier.*

A la plume, lavé d'encre de Chine et d'aquarelle. — Signé des initiales H. D.

(H. 0,20. — L. 0,26)

DAUMIER (HONORÉ)

166. — *Arrestation dans une émeute en 1852.*
Croquis au crayon noir.
(H. 0,115. — L. 0,160)

DAVID (JACQUES-LOUIS)

167. — *Dignitaire portant une aiguière.*
Etude pour le tableau du sacre de Napoléon Ier.
Crayon noir. — Signé : *L. David.*
(H. 0,21. — L. 0,12)

168. — *Fragment de la composition des Sabines.*
A la pierre noire.
(H. 0,30. — L. 0,24)

DAVID D'ANGERS (PIERRE-JEAN)

169. — *Portrait en buste de A. Jérémie Bentham.*
A la pierre noire. — Signé : *P. J. David, 1828.*
(H. 0,29. — L. 0,21

DECAMPS

170. — *Jeux d'enfants.*
Aquarelle.
(H. 0,17. — L. 0,21)

171. — *Paysage.*
Au crayon noir.
(H. 0,14. — L. 0,21)

172. — *Une Rue en Orient.*
Aquarelle.
(H. 0,18. — L. 0,24)

DELACROIX (EUGÈNE)

173. — *Etude de lion et de lionne.*
Au crayon noir. — Cachet de la vente du maître.
(H. 0,18. — L. 0,27)

174. — *Etude de lionne.*
A la plume. — Cachet de la vente du maître.
(H. 0,13. — L. 0,10)

DELAROCHE (PAUL)

175. — *Sujets militaires.*

Huit études sur la même page, pour le tableau de la prise du Trocadéro qui est au musée de Versailles.

A la mine de plomb. — Collections Horsin d'Eon et Mis de Chennevières.

(H. 0,34. — L. 0,25)

DUFAU (C. H.)

176 — « *Sophia voyait tout, comme dans l'illusion d'un cauchemar.* »

Composition pour *Basile et Sophia* par Paul Adam (p. 185). Edition Ollendorff 1900.

Crayon Conté et fusain.

(H. 0,38. — L. 0,29)

177. — « *Derrière le treillage de bois jaune, on les apercevait assises, les joues pourprées de fard, la chevelure arrangée en forme de tour et piquée de fleurs.* »

Composition pour *Basile et Sophia*, par Paul Adam (p. 217). Edition Ollendorff 1900.

Crayon Conté et fusain.

(H. 0,24. — L 0,22)

ÉCOLE ANGLAISE

178. — *Portrait d'homme d'après sir Joshua Reynolds.*

Crayon noir.

(H. 0,15. — L. 0,12)

GAILLARD (FRANÇOIS)

179. — *Etude pour le Saint Sébastien.*

Crayon noir. — Cachet de la vente de l'artiste.

(H. 0,24. — L. 0,11)

GÉRICAULT (THÉODORE)

180. — *Feuille d'Etude.*

Tigre dévorant un homme. Tête de tigre. Cheval vu de dos, etc.

Au crayon noir.

(H. 0,21 — L. 0,30)

GRIPP (CARLO)

181. — *Le Boulevard en 1868.*

A la plume. Signé.

(H. 0,30. — L. 0,48)

182. — *La salle des Pas-Perdus au Palais de Justice.*

A la plume. Signé.

(H. 0,30. — L. 0,48)

183. — *Une vente à l'hôtel Drouot.*

A la plume. Signé.

(H. 0,30. — L. 0,48)

184. — *Un buffet de gare. — Les claqueurs. — Le jardin des Tuileries. — La cour d'assise.*

Quatre dessins à la plume. Signés.

185. — *Une Pêcheresse. — Atelier de peinture. — Un Refuge. — Réunion publique. — Chez le commissaire. — Chez un banquier. — Sujet de chasse. — Grotesques,* etc.

Douze dessins au crayon et à l'aquarelle.

GUYS (CONSTANTIN)

186. — *Attendant !... Costume de femme en pied.*

Aquarelle. — A figuré à l'exposition de ses œuvres posthumes, salle G. Petit (n° 146).

(H. 0,28. — L. 0,16)

HELMSDORF (L.)

187. — *Portrait de femme.*

Aquarelle. — Signé : *L. Helmsdorf fec. 1823.*

(H. 0,20. — L. 0,17)

IBELS (H. G.)

188. — *Composition pour la couverture de* Les Amis, *par Abraham Dreyfus. Edition Ollendorff 1898.*

Au crayon.

(H. 0,28. — L. 0,17)

INGRES

189. — *Etude pour le Héraut d'armes du tableau : Le Duc d'Albe à Sainte Gudule.*

A la mine de plomb.

(H. 0,35. — L. 0,23)

JACQUE (CHARLES)

190. — *Deux cochons.*

Beau dessin à la pierre noire.

(H. 0,21. — L. 0,33)

JACQUET (JULES)

191. — *Etude de femme, en costume Louis XV.*

Au pinceau. — Signé : J. Jacquet.

(H. 0,24 — L. 0,16)

JEANNIOT

192. — « *Et l'abbé Justrobe n'était pas un fameux renfort., C'était tout ce qu'il savait faire de pousser des « Jésus ! » des « Dieu sauveur ! ».*

Composition pour *Mademoiselle Clémence* par Emile Pouvillon (p. 45). Edition Ollendorff 1896.

Au lavis d'encre de Chine.

(H 0,25. — L. 0,19)

193. — « *Ils avaient repris leur place d'autrefois autour de la table... »*

Composition pour *Mademoiselle Clémence* par Emile Pouvillon (p. 186). Edition Ollendorff 1896.

Au lavis d'encre de Chine.

(H. 0,270. — L 0,175)

LANÇON (A.)

194. — *Un vagabond à Londres.*

Au crayon noir.

(H. 0,25. — L. 0,36)

LELOIR (MAURICE)

195. — *Portraits de Jean-Jacques Rousseau, Thérèse Levasseur et Maréchal Georges Keith.*

Aquarelle. — Reproduite en tête des *Confessions*. Edition Launette.

(H. 0,34. — L. 0,29)

MARLET (JEAN-HENRY)

196. — *Un bal à la barrière.*

Important dessin à la plume, lavé d'aquarelle. — Signé.

(H. 0,40. — L. 0,57)

MONNIER (HENRY)

197. — « *J'adore dans mon salon, m'entourer d'hommes de grand mérite, pour en avoir, moi qui n'en ai pas.* »

Aquarelle signée.

(H. 0,30. — L. 0,23)

198. — « *Oui Monsieur, si Bonaparte fût resté lieutenant d'artillerie, il serait encore sur le trône.* »

A la plume. — Signé : *Henry Monnier, 1860.* — Collection Marmontel.

(H. 0,095. — L. 0,120)

199. — *Solliciteurs.*

Important dessin à la plume et au lavis d'encre de Chine, rehaussé de gouache. — Signé : *A mon ami Mène. Henry Monnier, 69.*

(H 0,22. — L. 0,27)

200. — *Un priseur.*

Croquis à la mine de plomb.

(H. 0,18. — L. 0,12)

MOREAU (ADRIEN)

201. — « *Et il se pencha pour reconnaître s'il était mort ou vivant.* »

Composition pour *Militona*, de Th. Gautier (page 112). Edition L. Conquet, 1887.

Au lavis d'encre de Chine, rehaussé de gouache. — Signé.

(H. 0,38. — L. 0,27)

202. — « *Un jeune homme et une jeune femme appuyés l'un près de l'autre au balcon, admiraient ensemble ce sublime spectacle.* »

Composition pour *Militona*, de Th. Gautier (page 237). Edition L. Conquet, 1887.

Au lavis d'encre de Chine. — Signé.

(H. 0,38. — L. 0,27)

MOREL (CH.)

203. — « *Ils filaient à travers champs, les reins courbés, le nez presque à terre.* »

Composition pour *le Sabre du notaire* par Louis d'Harcourt (p. 108). Édition Ollendorff 1899.

A la plume.

(H. 0,39. — L. 0,46)

204. — « *Les Hommes de la première section, et le peloton de sapeurs, en avant ! cria le maréchal.* »

Composition pour *le Sabre du notaire* par Louis d'Harcourt (p. 115). Édition Ollendorff 1899.

A la plume.

(H. 0,45. — L. 0,26)

MORIN (LOUIS)

205. — *Le Cortège grec du bal de l'Internat.*

Composition pour *la Revue des Quat' saisons no 1,* par Louis Morin (p. 25). Édition Ollendorff 1900.

Au lavis d'encre de Chine, rehaussé d'aquarelle.

(H. 0,255. — L. 0,72)

206. — *Le Soir de Venise.*

Composition pour *la Revue des Quat' saisons no 1* par Louis Morin (p. 51). Édition Ollendorff 1900.

Au lavis d'encre de Chine rehaussé d'aquarelle.

(H. 0,245. — L. 0,175)

NANTEUIL (CÉLESTIN)

207. — *Bal costumé, de l'Epoque Romantique.*

Importante composition animée d'un grand nombre de personnages en costume Renaissance.

A la plume et au crayon noir, rehaussé de gouache. — Signé : *C. Nanteuil 1831.*

(H. 0,32. — L. 0,35)

NICOLLE (J. V.)

208. — *Eglise de Neuilly, coupe et façade.* Deux dessins en médaillon.

A l'aquarelle sur traits de plume.

(Diam. 0,10)

PAPIN (H.)

209. — *Portrait de femme.*

Au crayon noir et à l'estompe. Signé : *H. Papin.*

(H. 0,215. — L 0,183)

RAFFET (AUGUSTE)

210. — *Sur le Danube.*

Groupe de huit personnages à bord d'un bateau, écoutant une femme jouant de la harpe.

Au crayon noir et au lavis de sépia. Cachet de la vente *San Donato.*

(H. 0,21. — L. 0,25)

211. — *Costume de femme Espagnole.*

Aquarelle. — Signé à l'encre : *Raffet, 1849.*

(H. 0,25. — L. 0,17)

ROUSSEAU (THÉODORE)

212. — *Paysage.*

Étude au crayon noir sur papier bleu.

(H. 0,20. — L. 0,27)

SAINT

213. — *Portrait de M. Germain d'Hauteroche, de Montpellier, 1812.*

A la mine de plomb.

(H. 0,24. — L. 0,17)

STEIN (GEORGES)

214. — *Le Grand Opéra, rue Auber.*

Aquarelle. Signée : *Georges Stein, Paris.*

(H. 0,37. — L. 0,29)

215. — *Le jardin des Tuileries.*

Aquarelle. Signée : *Georges Stein, Paris.*

(H. 0,23. — L. 0.32)

216. — *Le marché aux fleurs.*

Aquarelle. Signée : *Georges Stein, Paris.*

(H. 0.23. — L. 0,32)

THOMIRE (attribué à)

217. — *Modèle de soupière à godrons soutenus par deux sphinges, et dont les poignées sont ornées de têtes de faunes.*

A la plume, lavé d'encre de Chine.

(H. 0,430. — L. 0,445)

TOUDOUZE (EDOUARD)

218. — *« Chap. XV... Il était cinq heures du matin lorsque j'entrai dans la ville... A une pareille heure et en pareil équipage, car j'étais succinctement habillée et dans une tenue au moins suspecte : je me fis indiquer une auberge par un petit polisson... »*

Composition pour *Mademoiselle de Maupin* de Th. Gautier. Édition L. Conquet, 1883.

A la plume. — Signé : *E. Toudouze.*

(H 0,39. — L. 0.24

VIERGE (DANIEL)

219. — *« Le plat commença à circuler, tous nous nous servîmes sans hésiter ; j'y mis moi-même une précipitation fébrile. Mais quand il parvint au sergent, celui-ci le déposa et dit : Non ! »* (Scène d'empoisonnement, page 54).

Composition pour *l'Espagnole* de Bergerat. Édition L. Conquet, 1891.

Au lavis d'encre de Chine rehaussé de gouache. — Signé.

(H. 0,22. — L. 0,19)

220. — *« Mérange arma un de ses pistolets. Il était d'une pâleur terrible.*

« Si vous remuez un cil, lui cria-t-il, je vous brûle ! » (page 58).

Composition pour *l'Espagnole* de Bergerat. Édition L. Conquet, 1891.

Au lavis d'encre de Chine, rehaussé de gouache.

(H. 0,20. — L. 0,17)

DESSINS ORIGINAUX

POUR LE

PLUTARQUE FRANÇAIS

Edition CRAPELET, 1835-1841, 8 vol. gr. in-8.

(Plusieurs sont inédits, et n'ont pas été gravés).

AMAURY-DUVAL

221. — *Louis XVI, Roi de France.*
  A la mine de plomb, rehaussé de gouache. Signé.

BÉRANGER (EMILE)

222. — *Bart* (Jean). — *Bayard* (Le Chevalier).
  Deux dessins à la mine de plomb, dont un rehaussé de gouache. Signés.

223. — *Condorcet.*
  Au crayon noir, rehaussé de gouache.

224. — *Hospital* (Chancellier de l').
  A la mine de plomb. Signé.

225. — *Malherbe* (François de).
  A la mine de plomb. Signé.

226. — *Turgot, ministre.*
  A la mine de plomb. Signé.

BOILLY (JULES)

227. — *Beaumarchais* (Caron de).
  A la mine de plomb. Signé.

BOILLY (JULES)

228. — *Boileau-Despréaux* (Nicolas).
A la mine de plomb. Signé.

229. — *Jeanne d'Arc.*
A la mine de plomb. Signé.

230. — *Lavoisier. — Mirabeau.*
Deux dessins à la mine de plomb. Signés.

231. — *La Bruyère. — La Rochefoucault. — Lesage. — Montesquieu. — Sévigné* (Mme de).
Cinq dessins à la mine de plomb. Signés.

232. — *Agnès Sorel. — Bayard. — Boucicaut. — Catinat. Chastillon* (Le Connétable de). — *Godefroy de Bouillon. — L'Hospital* (Le Chancellier de).
Sept dessins à la mine de plomb. Signés.

BOULANGER (LOUIS)

233. — *Brunehaut. — Grégoire de Tours.*
Deux dessins à la mine de plomb. Signés.

BOUTERWECK (F.)

234. — *Jodelle. — Pascal* (Blaise). — *Ronsart. — Voltaire.*
Quatre dessins à la mine de plomb. Signés.

235. — *Charles V. — Christine de Pisan. — Coligny* (Gaspard de). — *Deshoulières* (Mme). — *Du Bellay* (Cardinal). — *Henry IV. — Louvois. — Saxe* (M^al de). — *Thibaut de champagne.*
Neuf dessins à la mine de plomb. Signés.

CHASSELAT (CHARLES-ABRAHAM)

236. — *Clairon* (Mlle). — *Gresset. — Lekain. — Racine* (Jean).
Quatre dessins à la mine de plomb. Signés et datés 1834 et 1835.

237. — *Alain Chartier. — Amboise* (Le Cardinal d'). — *Bougainville. — Chardin. — Colbert. — Charles VIII. — Crillon. — Dacier* (Madame). — *Duguay-Trouin. — Héloïse. — Jeanne de Montfort. — Joinville* (Le sire de).
Douze dessins à la mine de plomb. Signés et datés 1834 et 1835.

CHASSELAT (CHARLES-ABRAHAM)

238. — *Louis XII.* — *Marie Stuart.* — *Mazarin* (Le Cardinal). — *Montmorency* (Anne de). — *Louis d'Orléans, duc d'Angoulème.* — *Philippe-Auguste.* — *Philippe de Commines.* — *Réné* (Le Roi). — *Retz* (Le Cardinal de). — *Richelieu* (Cardinal de). — *Rollin* (Charles). — *Scudery* (Mlle de). — *Thou* (de). — *Vallière* (Mlle de La).

Quatorze dessins à la mine de plomb. Signés et datés 1834 et 1835.

DECAISNE

239. — *Anne d'Autriche.* — *Balzac* (Jean-Louis Guez de). — *Lebrun* (Charles).

Trois dessins à la mine de plomb. Signés et datés, 1834.

DELACROIX (EUGÈNE)

240. — *Calvin.*

A la mine de plomb. Signé.

241. — *Froissart.*

A la mine de plomb. Signé.

DELAROCHE (PAUL)

242. — *Mirabeau à la tribune.*

Très beau dessin à la mine de plomb. Signé. A été gravé par Henriquel-Dupont.

DUPRÉ (N.)

243. — *Malherbe* (François de).

A la mine de plomb. Signé.

244. — *Aguesseau* (Le chancelier d'). — *Budée* (Guillaume). — *Condé* (Louis Ier, Prince de) — *Eginhard.* — *Guillaume le Conquérant.* — *Jacques Cœur.* — *Luxembourg* (M^al de). — *Rollon.* — *Suger.*

Onze dessins à la mine de plomb et au lavis de sépia. Signés.

FAURE (AMÉDÉE)

245. — *Charlemagne.* — *Lamoignon de Malesherbes.*

Deux dessins à la mine de plomb. Signés.

FLANDRIN (HIPPOLYTE)

246. — *Pascal* (Blaise).

    A la mine de plomb. Signé.

247. — *Sévigné* (Madame de).

    A la mine de plomb. Signé.

FLANDRIN (PAUL)

248. — *Massillon*.

    A la mine de plomb. Signé : *Paul Flandrin, 1846*.

FRAGONARD (THÉOPHILE)

249. — *Amyot* (Jacques). — *Anne de Beaujeu*. — *Clisson* (Ollivier de).

    Trois dessins à la sépia.

GIGOUX (JEAN)

250. — *Portrait d'homme en pied*.

    A la mine de plomb. Signé : *J. Gigoux*.

GLEYRE

251. — *Frontispice pour le* Plutarque Français.

    A la mine de plomb.

252. — *Fénelon, Archevêque de Cambrai*.

    A la mine de plomb, gravé par Alph. François.

253. — *Héloïse, amante d'Abeilard*.

    A la mine de plomb.

254. — *Perrault* (Claude), *architecte*.

    A la mine de plomb. Signé : *A.G , 1839*.

GUILLEMINOT (A.)

255. — *Bernardin de Saint-Pierre*. — *Delille* (L'abbé). – *Fontenelle*. — *Ronsard*.

    Quatre dessins à la mine de plomb.

256. — *Jussieu* (Bernard de). — *La Place*. — *Le Sueur*. — *Vernet* (Joseph).

    Quatre dessins à la mine de plomb.

GUILLEMINOT (A.)

257. — *Abeilard.* — *Berwick.* — *Duquesne.* — *Guillaume le Conquérant.* — *Hugues-Capet.* — *Louis XIV.* — *Robert-le-Fort.* — *Villars* (M^{al} de).

> Neuf dessins à la mine de plomb.

HAUTIER

258. — *Mornay* (Philippe de)

> A la mine de plomb. Signé.

HENRIQUEL-DUPONT

259. — *Bossuet* (Jacques-Bénigne).

> A la mine de plomb. Signé.

260 — *Lecouvreur* (Adrienne). Rôle de Cornélie.

> A la mine de plomb, rehaussé de gouache. Signé et daté 1834.

261 — *Montaigne* (Michel de).

> A la mine de plomb. Signé et daté 1834.

HESSE (ALEXANDRE)

262. — *Molé* (Mathieu). — *Ronsard.* — *Rousseau* (J.-J.). — *Saint-Louis.* — *Sully.*

> Cinq dessins à la mine de plomb, trois sont signés 1834.

INGRES

263. — *Racine* (Jean).

> A la mine de plomb, rehaussé de sépia. Signé : *J. Ingres*, *1843.*

264. — *Lesueur*, peintre.

> A la mine de plomb rehaussé de sépia. Signé : *J. Ingres f^{it}*, *1844.*

JACQUAND (CLAUDIUS)

265. — *Bayle.* — *Descartes* (René).

> Deux dessins à la mine de plomb. Signés et datés 1837

266. — *Rancé* (L'abbé de).

> A la mine de plomb. Signé 1837.

JACQUAND (CLAUDIUS)

267. — *Anjou* (Charles d'), frère de Saint Louis. — *Delorme* (Philibert). — *Duguesclin* (Le Connétable). — *Goujon* (Jean). — *Guiscard* (Robert). — *Journel des Ursins.*— *Marguerite de France*, femme de Henri IV. — *Paré* (Ambroise). — *Robert Estienne.* — *Simon, comte de Montfort.*— *Vincent de Paule* (Saint). — *Villehardouin.*

Quatorze portraits à la mine de plomb. Signés.

JEANRON (PHILIPPE-AUGUSTE)

268. — *Etienne Marcel*, prévost des marchands de Paris. — *Gerson* (Jean).

Deux dessins à la pierre noire. Signés.

JOHANNOT (TONY)

269. — *Chénier* (André).

A la mine de plomb.

270. — *Lulli, compositeur.*

A la mine de plomb, rehaussé d'aquarelle. Signé.

LELOIR (A.)

271. — *Dunois* (Le Beau).

Très fin dessin au lavis de sépia légèrement rehaussé de gouache. Signé : *A. Leloir.*

LION (JULES)

272. — *Buffon.* — *Delorme* (Philibert). — *Marguerite de Navarre.* — *Massillon.* — *Paré* (Ambroise).

Six dessins à la mine de plomb. Signés.

MAC-KENZIE (JOHN)

273. — *Coligny* (Amiral de). — *Lesdiguières* (Duc de). — *Christine de Pisan.* — *Le Sage.* — *Isabelle de Portugal.* — *Suger.*

Six dessins à la mine de plomb. Deux sont signés.

MAUZAISSE (JEAN-BAPTISTE)

274. — *Jean-Bart.* — *Puget* (Pierre). — *Turenne.*

Trois dessins à la mine de plomb. Deux sont signés.

MILLET (FRITZ)

275. — *Catherine de Médicis.* — *Guise* (François de). — *Rousseau* (J. B.). — *Tourville.*
    Quatre dessins à la mine de plomb. Signés.

MORTEMART (Le Baron ENGUERRAND de)

276. — *Dunois* (Le Beau).
    Aquarelle. Signée.

PELLINC (CONSTANT)

277. — *Brantôme.* — *Bussi-Leclerc.* — *Saint Louis.* — *Suffren* (Le Bailly de).
    Quatre dessins à la mine de plomb, dont un rehaussé de gouache. Signés.

PERLET (PIERRE)

278. — *Artus de Bretagne, Duc de Richemont, connétable de France.* — *Grétry.* — *Jeanne Hachette.* — *Régnard.* — *Rotrou.*
    Cinq dessins à la mine de plomb. Signés.

PINGRET (AMÉDÉE)

279. — *François I*er. — *Gerbert* (Pape). — *Maintenon* (Mme de).
    Trois dessins à la mine de plomb. Signés.

PINGRET (ÉDOUARD)

280. — *Lafontaine* (Jean de).
    A la mine de plomb. Signé et daté 1834.

ROBERT-FLEURY

281. — *Fénélon, Archevêque de Cambrai.*
    Deux dessins différents à la mine de plomb, un est signé.

ROGIER (CAMILLE)

282. — *Dacier* (Mme).
    A la mine de plomb, rehaussé d'aquarelle. Signé.

283. — *Harlay* (Achille de). — *Mazarin* (Cardinal). — *Molay* (Jacques de).
    Trois dessins à la mine de plomb. Signés.

ROUBAULT

284. — *Montcalm* (le Marquis de).
Beau dessin à la mine de plomb. Signé.

TRIQUETI (H. DE)

285. — *Molière* (Poquelin de).
A la mine de plomb.

286. — *Rabelais* (François).
A la mine de plomb. Signé.

287. — *Bassompierre.* -- *Blanche de Castille.* — *Charles-Martel.* -- *Clovis.* — *Guise* (Henry de). — *Lesdiguières* (Duc de). — *Marot* (Clément). — *Rollon.*
Neuf dessins à la mine de plomb. La plupart sont signés.

TURPIN DE CRISSÉ (LE COMTE)

288. — *Malherbe* (François de'. — *Saint Bernard.*
Deux dessins à la mine de plomb. Signés, un est daté 1834.

DIVERS

289. — *Anne de Bretagne.* — *Arnault* (Antoine). — *Chevert.* — *Estienne* (Robert). — *Froissard.* — *Malherbe.* — *Massillon.* — *Vergniaud.* — *Lamoignon de Malesherbes.*
Neuf dessins à la mine de plomb par Isabey, La Rivière, Laderich, Mme de Mirbel et autres.

GRANDE IMPRIMERIE DU CENTRE. -- HERBIN, MONTLUÇON

Imprimé en France
FROC011623010720
24395FR00018B/515

9 782329 417806